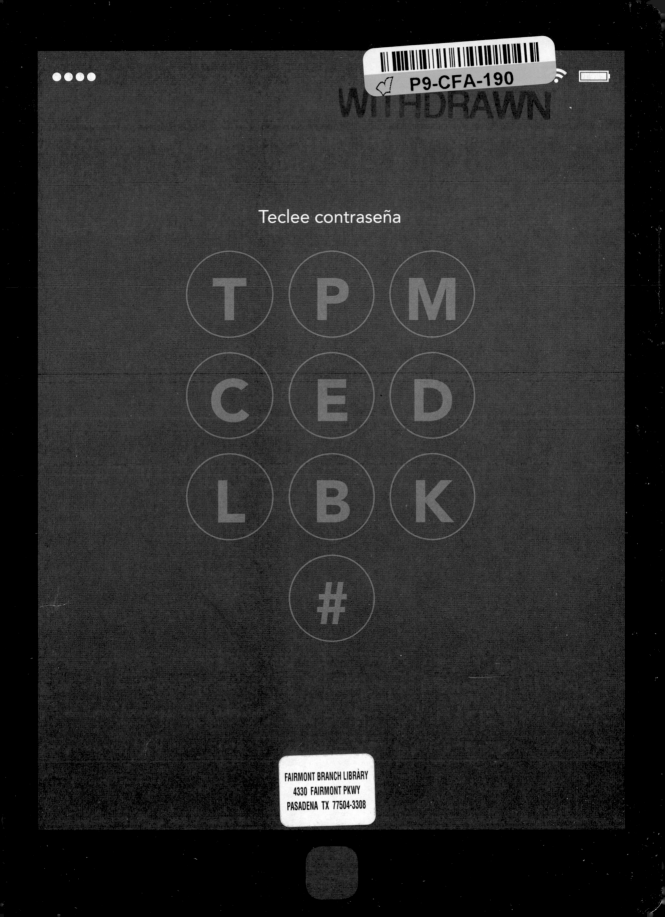

Patrick McDonnell

OCEANO travesía

Tek, EL NIÑO MODERNO DE LAS CAVERNAS

Título original: *Tek, a Modern Cave Boy*

© 2015 Patrick McDonnell
© 2015 Patrick McDonnell (arte de portada)
© 2015 HachetteBook Group, Inc. (portada)

Esta edición se ha publicado según acuerdo con Little,
Brown and Company, Nueva York, Nueva York, Estados Unidos

Traducción: Laura Lecuona

Diseño de portada: Jeff Schulz/Menagerie Co.

D.R. © Editorial Océano, S.L.
Milanesat 21-23, Edificio Océano
08017 Barcelona, España
www.oceano.com

D.R. © Editorial Océano de México, S.A. de C.V.
Eugenio Sue 55, Polanco Chapultepec
Miguel Hidalgo, 11560, Ciudad de México
www.oceano.mx
www.oceanotravesia.mx

Primera edición: 2017

ISBN: 978-607-527-089-0
Depósito legal: B-18098-2017

IMPRESO EN ESPAÑA / PRINTED IN SPAIN
9004322010717

Había una vez,
en una época muy remota,
hace muchos, muchos años,
o quizá ayer apenas,
un niño de las cavernas llamado

Tek era muy parecido al típico niño troglodita. Sí, tenía barba, pero en aquel entonces todo era un poco peludo, digamos.

Todos los niños de las cavernas vivían en cavernas, claro está. El problema con Tek era que no salía nunca de la suya. Ni siquiera cuando sus amigos lo visitaban.

Al atardecer, la cueva de Tek despedía un brillo deslumbrante que hacía imposible ver las estrellas titilando en el cielo.

Tek se quedaba solo en su cuarto de la caverna, pegado a su teléfono, su tableta y su consola todo el día, toda la noche, todo el tiempo.

—No deberías haber inventado internet— le gruñó la mamá de Tek al papá de Tek.

Afuera, el mundo real evolucionaba, pero a Tek le daba igual.

Tek se perdió de muchas diversiones invernales durante la era del hielo.

Nunca se aprendió siquiera los nombres de los dinosaurios. Les decía comosellamesaurio, dejamenpasaurio o meimportaunpepinodáctilo volador.

Y así pasaban las horas, los días y los meses.

—Tal vez mi cerebro sea pequeño como una nuez, pero hasta yo sé que eso no es saludable —decía su amigo Larry—. Quisiera que Tek saliera a jugar.

Los padres de Tek lo intentaron todo para separarlo de sus aparatos, pero nada funcionaba.

—Tengo que poner una fogata abajo del trasero de ese niño —gruñía su papá—, pero todavía no invento el fuego.

Nadie conseguía que Tek le pusiera atención, ni siquiera el gran Ca-Caa de la tribu, el alto Muy Muy, ni Coqui Corcuera y sus Dinosaurios por un Mejor Mañana. Todo parecía perdido. Hasta que…

El Gran Popo, el volcán de la aldea,
tuvo una idea.
Podía hacer fuego.
Podía sacudirlo todo.
En grande.
Así que el Gran Popo…

estalló.

La erupción lanzó a Tek con todo y teléfono, tableta y consola de juegos fuera de la cueva y por los aires.

Tek se estampó contra el suelo.

Quedó completamente...

desconectado.

Tek se despertó
respirando el aire fresco y dulce,
disfrutando del sol
y sintiendo el cosquilleo
del pasto húmedo.

Se preguntó dónde estaba.

Miró alrededor y descubrió una
libélula, una azucena, un ginkgo biloba,
un elefante peludo, gente peluda,
un imponente imponensaurio...

¡EL GRANDE Y HERMOSO MUNDO!

Dejó sus aparatos y corrió
a buscar a su amigo Larry.

De camino les dio un beso
a su papá y su mamá.
—Ay —gruñó su papá—, tengo que
inventar la crema de rasurar.

Tek se subió de un brinco a una rueda,
arrancó una manzana del árbol,
le silbó a un dodo...

y le dio una sorpresa
a su amigo durmiente.

Tek y Larry rieron y jugaron todo el día en ese jardín soleado.

Y por la noche trataron de alcanzar
las gloriosas estrellas.